DOWEL东幻创作中心 编著

华东师范大学出版社
上海

图书在版编目（CIP）数据
古诗带你去探秘：美绘版. 第七册 / DOWEL东幻创作中心编著. -- 上海：华东师范大学出版社, 2022
ISBN 978-7-5760-2830-0
Ⅰ. ①古… Ⅱ. ①D… Ⅲ. ①古典诗歌－诗集－中国－儿童读物 Ⅳ. ①I222.72
中国版本图书馆CIP数据核字(2022)第071213号

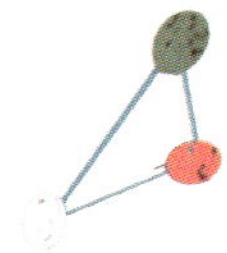

古诗带你去探秘（美绘版·第七册）

编　　著　DOWEL东幻创作中心
插　　图　DOWEL东幻创作中心
策　　划　DOWEL东幻教育科技有限公司
责任编辑　宣晓凤　孔　灿
审读编辑　孔　灿
责任校对　时东明
装帧设计　DOWEL东幻创作中心

出版发行　华东师范大学出版社
社　　址　上海市中山北路3663号　　邮编　200062
网　　址　www.ecnupress.com.cn
电　　话　021-60821666　行政传真　021-62572105
客服电话　021-62865537　门市(邮购)电话　021-62869887
地　　址　上海市中山北路3663号华东师范大学校内先锋路口
网　　店　http://hdsdcbs.tmall.com

印 刷 者　上海锦佳印刷有限公司
开　　本　889毫米×1194毫米　1/16
印　　张　6
版　　次　2022年8月第1版
印　　次　2024年3月第4次
书　　号　ISBN 978-7-5760-2830-0

定　　价　40.00元

出 版 人　王　焰

前言

提起中国传统文化，古诗词大概是绕不开的，它是古人对当时生活以及自身情感表达的重要载体之一，也极有可能是孩子们最早接触到的传统文学形式。但是，要让学龄前的孩子去理解古诗的意境，很难；而如何记住这些古诗，也很难；于是，“DOWEL东幻创作中心”应运而生！

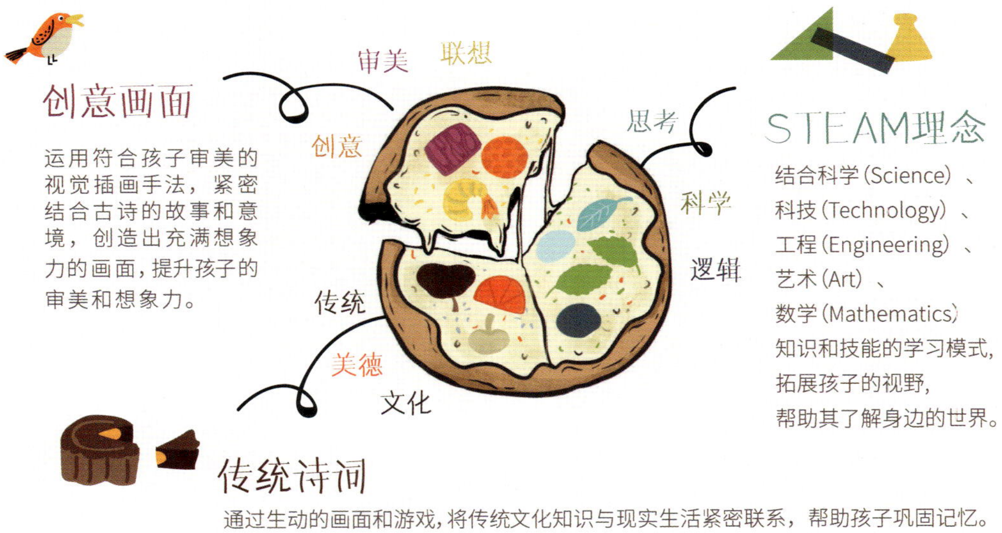

所以这套书给小朋友提供的是：传统诗词 ＋ 创意美学 ＋ STEAM理念

这套书跳脱传统思路，将古代诗词和现代STEAM理念相结合，用简单的语言、符合现代审美的画面，让孩子们直观生动地感受古代和现代生活的不同，同时还将两者合理融合在一起，让孩子们在了解科学发展过程的同时，也鼓励他们像历代诗人那样，对未知领域充满好奇和想象。

亲爱的小朋友

你们是刚刚了解古诗还是已经在被要求背诵古诗？
有没有觉得背得小脑袋都疼了，还记不住呢？

别着急，这可不是因为你们不够努力、不够聪明。古诗里说的可都是很久很久以前的事，用的词语也是我们平时听不到也不常见的“古文”，很多别的小朋友也和你们有一样的困扰，比如啵妞和洅洅。

爸爸妈妈们看到你们皱着小眉头，苦着脸的样子，也在犯愁：怎么样才能帮助你们呢？看到你们捧着美美的绘本不肯放下，我们有了主意：
把古诗画给你们看，用你们喜欢的方式去探索一下难懂的古诗到底在说什么，再加上有趣的STEAM小知识和游戏，这下背诵古诗就变得简单了！
还在等什么，和啵妞、洅洅一起来看古诗吧！

注：STEAM是结合科学（Science）、科技（Technology）、工程（Engineering）、艺术（Art）、数学（Mathematics）知识和技能的学习模式。

目录

xiāng cūn sì yuè
乡村四月

sòng wēng juàn
宋·翁卷

lǜ biàn shān yuán bái mǎn chuān
绿遍山原白满川，

zǐ guī shēng lǐ yǔ rú yān
子规声里雨如烟。

xiāng cūn sì yuè xián rén shǎo
乡村四月闲人少，

cái liǎo cán sāng yòu chā tián
才了蚕桑又插田。

译文：漫山遍野都是绿油油的，稻田里的水色和天光相互辉映。杜鹃鸟声声啼叫，春雨好像烟雾一般绵绵地下着。四月的乡村里清闲的人很少，刚刚结束种桑养蚕，人们又要开始插秧了。

biàn

遍

遍遍遍

遍，布满、到处都是，诗中“遍”是漫山遍野的意思。

绿遍山原白满川
lǜ biàn shān yuán bái mǎn chuān

漫山遍野都是绿油油的，稻田里的水色和天光相互辉映。

子规就是杜鹃鸟

杜鹃鸟是杜鹃科鸟类的通称，主要是指大杜鹃、三声杜鹃和四声杜鹃。杜鹃鸟的羽毛以黑灰色为主，尾巴部分有一些白色的斑点，腹部则有一些黑色的横纹。杜鹃鸟有一种特别的生活习性：就是将自己产下的卵放在别的种类的鸟巢中，由其他鸟为其进行孵化，这种习性被称为“巢寄生”。

zǐ guī shēng lǐ yǔ rú yān
子规声里雨如烟

杜鹃鸟声声啼叫，春雨好像烟雾一般绵绵地下着。

杜鹃鸟是森林的好帮手

杜鹃鸟有“森林卫士”的美称，主要就是因为杜鹃鸟在生活中能够消灭一些对树木有害的虫类，如：松毛虫、毒蛾等，其他鸟类都不敢吃这些虫子，但对杜鹃鸟来说却是美味佳肴。

xiāng cūn sì yuè xián rén shǎo
乡村四月闲人少

cái liǎo cán sāng yòu chā tián
才了蚕桑又插田

四月的乡村里清闲的人很少，刚刚结束种桑养蚕，人们又要开始插秧了。

插田

插田也叫插秧，一般是指将秧苗在保持一定距离的情况下，栽插于水田中，或把水稻秧苗从秧田移植到稻田里。在发明插秧机前，插秧都是靠人工来完成的。

我先去喂蚕宝宝啦!
我也想去喂蚕宝宝呀!
我们刚刚喂好蚕宝宝，
就马上来插秧啦!

蚕宝宝们，准备开饭啦！
为什么要养蚕宝宝呢？
我们可厉害了，吐出的丝可以给人类做好看又保暖的衣服！

养蚕

早在4000多年以前，我们的祖先就已经把一种野生的蚕驯化为家蚕，掌握了独有的养蚕技术。在3000多年前，人们就开始大规模人工养蚕了。养蚕最主要的目的就是利用蚕的丝（一种动物纤维）制成各种丝织品，如：服饰、工艺品、床上用品等。

guān shū yǒu gǎn

观书有感

sòng zhū xī

宋·朱熹

bàn mǔ fāng táng yí jiàn kāi

半 亩 方 塘 一 鉴 开 ，

tiān guāng yún yǐng gòng pái huái

天 光 云 影 共 徘 徊 。

wèn qú nǎ dé qīng rú xǔ

问 渠 那 得 清 如 许 ？

wèi yǒu yuán tóu huó shuǐ lái

为 有 源 头 活 水 来 。

译文：半亩大的方形池塘像一面打开的镜子似的，天光和云朵的倒影在水面上一起来回移动。池塘的水怎么会这样清澈？因为有源头的活水不断流过来。

táng

塘

池塘里有什么呢？

在池塘里有很多水生植物，常见的有：荷花、水葫芦、香蒲、鱼草等。同时，池塘周边也会生活着一些小动物，常见的有：青蛙、小型淡水鱼、鹅、鸭子、各类小昆虫等。随着地区、水质、季节、人类活动的变化，池塘里的植物也会有所不同。

bàn mǔ fāng táng yí jiàn kāi
半亩方塘一鉴开

半亩大的方形池塘像一面打开的镜子似的。

天光云影共徘徊

tiān guāng yún yǐng gòng pái huái

天光和云朵的倒影在水面上一起来回移动。

小鱼、小鸭子、青蛙、小乌龟，我们一起游泳吧！
我看看，水里还有什么？

wèn qú nǎ dé qīng rú xǔ
问渠那得清如许

wèi yǒu yuán tóu huó shuǐ lái
为有源头活水来

池塘的水怎么会这样清澈？因为有源头的活水不断流过来。

池塘里的水哪里来的？

源头1：

地下水

天然的池塘通常有地下水的存在，其周边地下水的水位要高于池塘的水面，随着地下水的正常渗出，池塘中会常年保持一定的蓄水量。

源头2：雨水

雨水降落补给池塘中的水。

源头3：人工水

一般在人工池塘里放入“池水”前，先适当抽去池子里的底水，然后再放入符合要求的人工水，水深需保持在0.8—1.2米。

我们的小脑袋就像个“池塘”，怎么才能让它一直有“活水”涌流呢？

方法1：

对身边的事物有好奇心，遇事多思考。思考的力量好像活水一样，让我们的大脑越来越灵活！

方法2：

读万卷书，行万里路：书本上的知识和我们生活中的见闻结合在一起，会产生奇妙的火花，激发我们的大脑潜力！

你还有什么新的想法和获取知识的来源吗？

yì jiāng nán
忆江南

táng bái jū yì
唐·白居易

jiāng nán hǎo
江南好，
fēng jǐng jiù céng ān
风景旧曾谙。
rì chū jiāng huā hóng shèng huǒ
日出江花红胜火，
chūn lái jiāng shuǐ lǜ rú lán
春来江水绿如蓝。
néng bù yì jiāng nán
能不忆江南？

译文：江南多么美好，风景也还是我曾经熟悉的样子。太阳升起，把江边的花儿照得比火焰还红；春天的江水绿得好像蓝草一样。怎能不叫人怀念江南呢？

jǐng

景

景 景 景

景，景色，在本诗中指江南的美景。

江南民居

江南民居，是中国传统民居建筑的重要组成部分。江浙水乡注重前街后河，特点为坐北朝南，注重内采光；住宅的大门多开在中轴线上，迎面正房为大厅，后面院内常建二层楼房。由四合房围成的小院子通称“天井”，仅用作采光和排水。因为屋顶内侧坡的雨水从四面流入天井，所以这种住宅布局俗称“四水归堂”。

jiāng nán hǎo
江南好

fēng jǐng jiù céng ān
风景旧曾谙

江南多么美好，风景也还是我曾经熟悉的样子。

rì chū jiāng huā hóng shèng huǒ
日出江花红胜火

太阳升起，把江边的花儿照得比火焰还要红！

日出

日出，这里是指太阳由东方的地平线徐徐升起的时候，也指太阳刚从地平线出现的一刹那。日出时，阳光受到地球大气层的影响而产生散射，太阳的颜色变得火红火红的，整个景色看上去十分壮观瑰丽。

chūn lái jiāng shuǐ lǜ rú lán
春来江水绿如蓝
néng bù yì jiāng nán
能不忆江南

春天的江水绿得好像蓝草一样，怎能不叫人怀念江南呢？

蓝草

蓝草，也叫做蓝靛，一般在小暑前后与白露前后两期采集，可作染料。中国著名的工艺品蓝印花布，最早就是以蓝草为染料印染而成。

色环

色环是在彩色光谱中将色彩按赤、橙、黄、绿、青、蓝、紫的顺序排好队，再将首尾连在一起，使红色连接到另一端的紫色。

一个基本色环通常包括12种不同的颜色：

以等边三角形内的三原色——红、黄、蓝作为第一次色；三原色两两等量相加可调出橙、绿、紫这三个第二次色；以上六种颜色中相邻的两种颜色等量相加，得到六个第三次色。

在色环图中，虚线两端的颜色，互为补色。

仔细观察左边图中的基本色环，
你能在下方空白的爱心里涂上
它所在小方块的互补色吗？

别董大
bié dǒng dà

唐·高适
táng gāo shì

qiān lǐ huáng yún bái rì xūn
千里黄云白日曛，
běi fēng chuī yàn xuě fēn fēn
北风吹雁雪纷纷。
mò chóu qián lù wú zhī jǐ
莫愁前路无知己，
tiān xià shuí rén bù shí jūn
天下谁人不识君？

译文：千里黄云遮天，日光昏暗，北风吹着南飞的大雁，大雪纷纷飘落。不要担心前方的路上遇不到知己，普天之下还有谁不知道你（董大）呢？

xūn

曛 曛 曛 曛

曛，昏暗，阳光黯淡无光。

qiān lǐ huáng yún bái rì xūn
千里黄云白日曛

běi fēng chuī yàn xuě fēn fēn
北风吹雁雪纷纷

千里黄云遮天，日光昏暗，北风吹着南飞的大雁，大雪纷纷飘落。

大雁南飞

每到秋天，北方的严寒气候不再适合大雁生存，大雁便会飞往温暖的南方。第二年春天，它们经过长途旅行，回到北方产卵繁殖。在长途旅行中，雁群的队伍组织得十分严密，它们常常排成人字形或一字形。

董大

原名董庭兰，他是盛唐开元、天宝时期著名的琴师及音乐家。当年董大遇到困境，离开了长安，作者写这首诗劝勉他不要为前途担忧。

mò chóu qián lù wú zhī jǐ
莫愁前路无知己

不要担心前方路上遇不到知己。

古琴

古琴，又称瑶琴、玉琴、七弦琴，是中国传统拨弦乐器，迄今已有三千多年的历史。

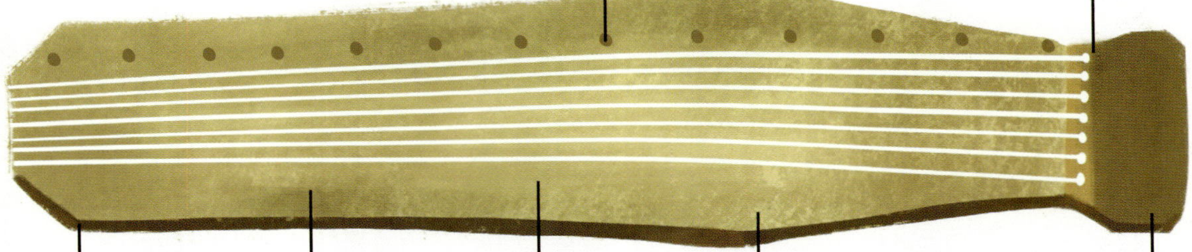

古琴一般长约为三尺六寸五（大约是一张学龄前儿童床的长度），代表一年有365天，面圆底扁，象征天地。琴身有相应的头、肩、腰、尾。其音域宽广，音色深沉，被文人们视为高雅的象征。

tiān xià shuí rén bù shí jūn
天下谁人不识君

普天之下还有谁不知道你呢？

没想到在这么偏远的村子
也有人认出我!
果然是大音乐家，名不虚传啊!

认识一下五线谱吧!

快速唱出下面是哪些音吧！

你学会了吗？

zhì zǐ nòng bīng

稚子弄冰

sòng yáng wàn lǐ

宋·杨万里

zhì zǐ jīn pén tuō xiǎo bīng

稚 子 金 盆 脱 晓 冰 ，

cǎi sī chuān qǔ dàng yín zhēng

彩 丝 穿 取 当 银 钲 。

qiāo chéng yù qìng chuān lín xiǎng

敲 成 玉 磬 穿 林 响 ，

hū zuò bō li suì dì shēng

忽 作 玻 璃 碎 地 声 。

译文：年幼的孩子早上起来把冰块从铜盆里脱离出来，用彩色的丝带穿起来当成银色的钲(一种乐器)来敲打。敲出的声响像玉磬(一种乐器)发出的乐音，穿透树林。忽然，冰块掉落在地上，发出了玉石碎裂般的声音。

bīng

冰

冰 冰 冰

冰，就是水在 0°C或 0°C以下凝结成固体的一种形态，水结冰属于一种正常的自然现象。

zhì zǐ jīn pén tuō xiǎo bīng

稚子金盆脱晓冰

年幼的孩子早上起来把冰块从铜盆里脱离出来。

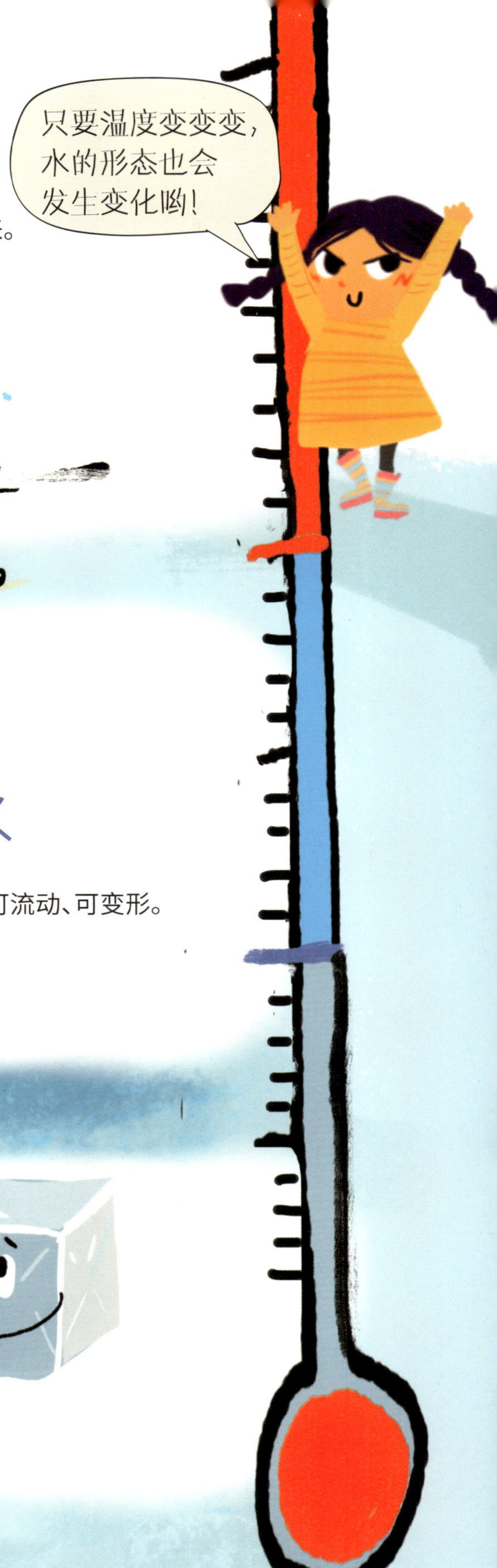

气态的水

水的气态就是指水蒸气，可流动、可变形、可压缩。

液态的水

通常就是指普通的水，可流动、可变形。

固态的水

水的固态就是冰、雪、霜、冰雹，可保持一定的体积和形状。

cǎi sī chuān qǔ dàng yín zhēng
彩丝穿取当银钲

用彩色的丝带穿起来当成银色的钲（一种乐器）来敲打。

钲

钲，是古代行军时使用的一种打击乐器，盛行于春秋时期南方诸国，形似倒置的铜钟，有长柄，用槌敲击发出响声。

qiāo chéng yù qìng chuān lín xiǎng
敲成玉磬穿林响

敲出的声响像玉磬（一种乐器）发出的乐音，穿透树林。

玉磬是什么呢？

玉磬是一种古代石制的打击乐器和礼器，形状像弯曲的尺子，敲打时声音清脆悠扬。玉磬一般为多件成组，按音阶排列，通常在大型仪式上使用。

忽作玻璃碎地声

hū zuò bō li suì dì shēng

忽然，冰块掉落在地上，发出了玉石碎裂般的声音。

玻璃

这里是指古时候的一种天然玉石，也叫水玉，并不是现在的玻璃。

我好像听到了玻璃碎掉的声音！
没事没事，这些冰够我们接着玩了！
哎呀，是我的冰碎了！
碎掉的冰好漂亮，像玉石一样呀！

tí xī lín bì

题西林壁

sòng sū shì

宋·苏轼

héng kàn chéng lǐng cè chéng fēng

横看成岭侧成峰，

yuǎn jìn gāo dī gè bù tóng

远近高低各不同。

bù shí lú shān zhēn miàn mù

不识庐山真面目，

zhǐ yuán shēn zài cǐ shān zhōng

只缘身在此山中。

译文：正面看时，（庐山）成了一条连绵的山脉；侧面看时，（庐山）就成了高而尖的山峰。从远处、近处、高处、低处看，所看到的（庐山）都不一样。不能辨识庐山真正的样子、形态，只是自己身处在这座高山之中的缘故吧。

lǐng

岭

岭 岭 岭

岭和峰的区别

岭指的是一座座山相连在一起，而峰是指高而尖的山头或单一的山的最高点。

从特点来看，岭是坡度缓和、紧紧相连的。再看看岭的形状：岭是由无数个峰组成的，就好像很多小朋友肩并肩排队一样。

héng kàn chéng lǐng cè chéng fēng
横看成岭侧成峰

正面看时，（庐山）成了一条连绵的山脉；侧面看时，（庐山）就成了高而尖的山峰。

yuǎn jìn gāo dī gè bù tóng
远近高低各不同

从远处、近处、高处、低处看，所看到的（庐山）都不一样。

这些山峰都像什么呢？

我是千里马!
让我走远一点看看，这个山峰到底像什么呢?

从不同的角度看事物，看到的都不同哟！

我从上面看到的是这样的，你也是吗？

我看到的是不一样的！

bù shí lú shān zhēn miàn mù
不识庐山真面目

zhǐ yuán shēn zài cǐ shān zhōng
只缘身在此山中

不能辨识庐山真正的样子、形态，只是自己身处在这座高山之中的缘故吧。

从侧面、正面、正上方看图A中的积木，可以对应看到以下三个图形。

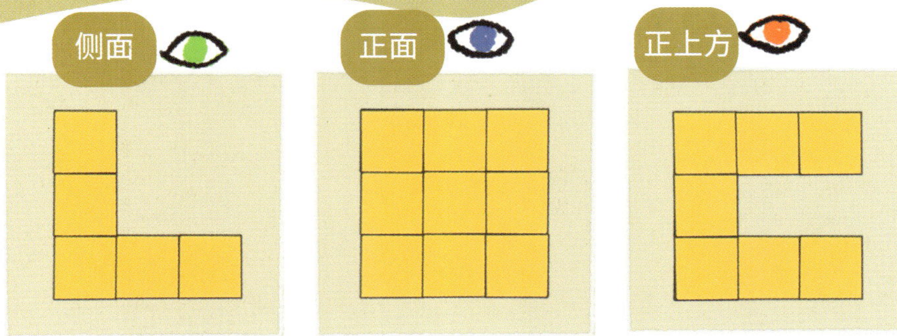

图B、C、D中的积木，从某个角度看，
也能得到以上三个图形的一种或几种，
小朋友，请你试着看一看，
并在图中画上眼睛正确的位置和颜色吧！

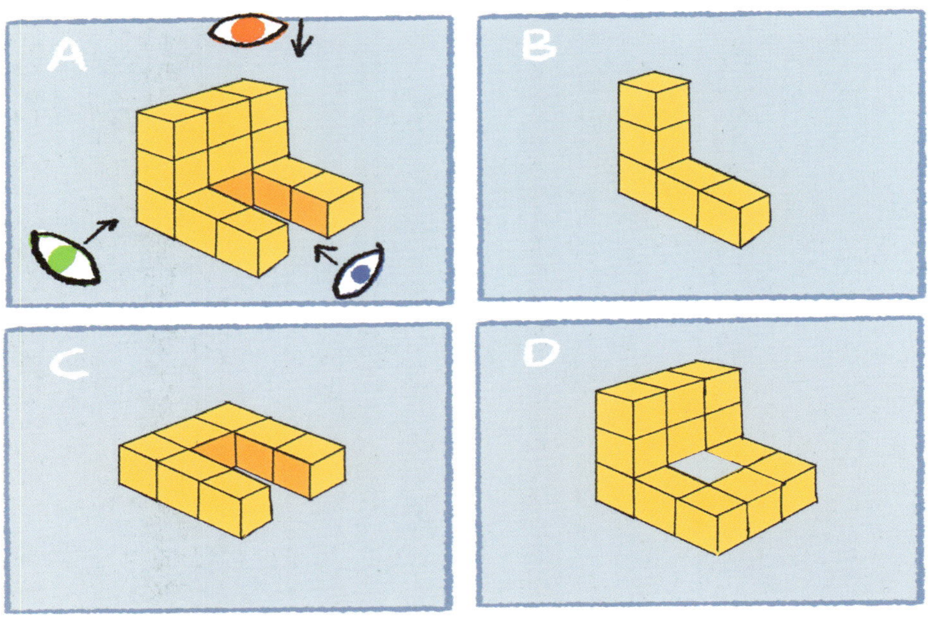

你找到正确的答案了吗？

lù zhài
鹿柴

táng wáng wéi
唐·王维

kōng shān bú jiàn rén
空山不见人，

dàn wén rén yǔ xiǎng
但闻人语响。

fǎn yǐng rù shēn lín
返景入深林，

fù zhào qīng tái shàng
复照青苔上。

译文：空旷的山谷中不见一人，只听到有人说话的声音。傍晚夕阳的影晕照进了山林深处，又照在青苔上。

kōng

空

空 空 空

空，与“有”相对，原义是指“没有”，诗中“空”的含义为“空旷”。

kōng shān bú jiàn rén

空山不见人

空旷的山谷中不见一人。

dàn wén rén yǔ xiǎng
但闻人语响

只听到有人说话的声音。

什么是回声？

声波在传播过程中，碰到大的反射面（如：建筑物、大山等）反射或散射回来再度被听到的声音，叫作回声。

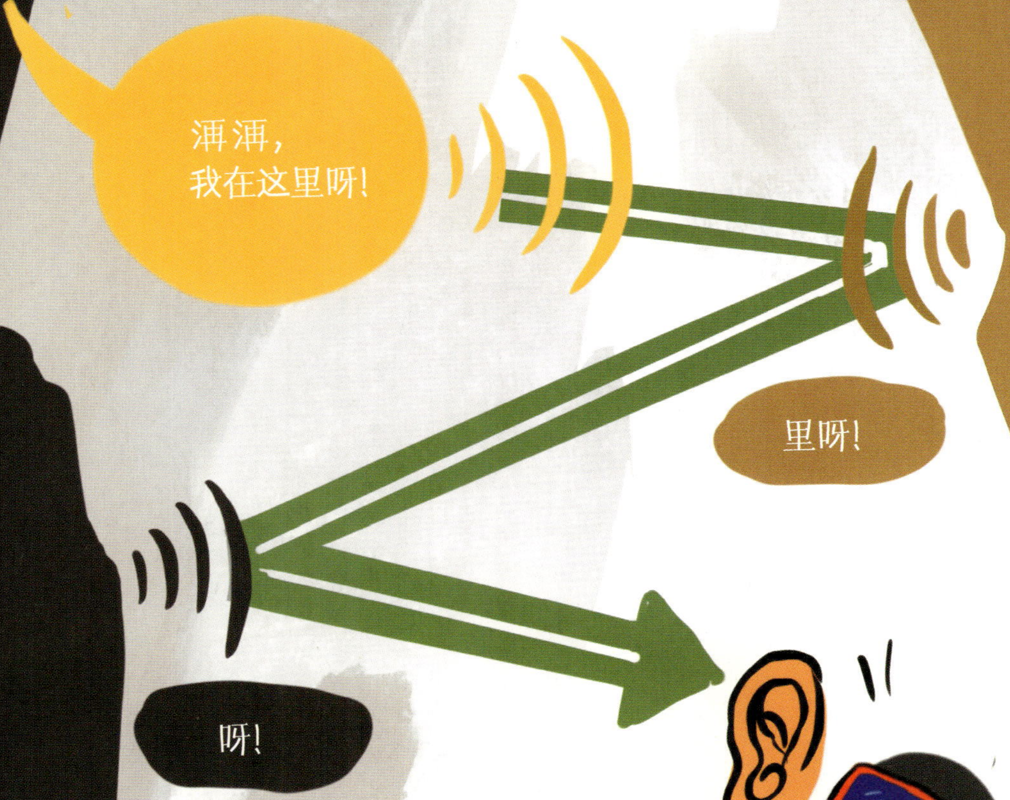

回声的运用

原声与回声的时间间隔至少要大于 0.1 秒，才能被人的耳朵分辨出来。人类发明的声呐装置就是利用了回声的特点，来测量海洋深度、冰山距离等。

fǎn yǐng rù shēn lín

返景入深林

fù zhào qīng tái shàng

复照青苔上

傍晚夕阳的影晕照进了山林深处，又照在青苔上。

青苔

青苔，是苔藓植物的泛称，颜色翠绿，由真菌发展而来。当空气湿润，气温适宜时，青苔就能快速蔓延生长，常见于山石、湿地、水池、屋瓦等阴暗潮湿的地方。

这里有青苔，
一起来尝尝吧！

啊！
这里好滑！
地上有青苔呢，
快抓住我！

mù jiāng yín
暮江吟

táng bái jū yì
唐·白居易

yí dào cán yáng pū shuǐ zhōng
一 道 残 阳 铺 水 中 ，

bàn jiāng sè sè bàn jiāng hóng
半 江 瑟 瑟 半 江 红 。

kě lián jiǔ yuè chū sān yè
可 怜 九 月 初 三 夜 ，

lù sì zhēn zhū yuè sì gōng
露 似 真 珠 月 似 弓 。

译文：一道夕阳的倒影铺在水面上，让江面看上去一半碧绿一半绯红。可爱的九月初三的夜晚，露珠像珍珠一般，而新月好像弯弓。

yí dào cán yáng pū shuǐ zhōng
一道残阳铺水中

bàn jiāng sè sè bàn jiāng hóng
半江瑟瑟半江红

一道夕阳的倒影铺在水面上，让江面看上去一半碧绿一半绯红。

cán
残 残 残 残

残阳，指的是即将落山的太阳。

kě lián jiǔ yuè chū sān yè
可怜九月初三夜

lù sì zhēn zhū yuè sì gōng
露似真珠月似弓

可爱的九月初三的夜晚，露珠像珍珠一般，而新月好像弯弓。

4-1=
2+2=
2
7-2==
4+2=
1
10+7=
10-9+15=
9+9=
30-7-8=
10-3=
3+9+7=
6+2=
5+6+3=
算一算：把你得到的答案从小到大连成线，最后把最大和最小的数字连起来，看看会变成一个什么形状吧！
6+7=
12-3=
3+3+6=
6+4=
32-21=

寒露

寒露是二十四节气之第十七个节气，也是秋季的第五个节气，在每年公历 10 月 7 日—9 日交节。

观察露水形成的过程吧！

实验：

准备几块冰和一杯常温水。

在实验过程中，确保环境温度保持在 0°C以上，将冰块放入杯中后，杯子里面的温度则会迅速降低。在变化过程中，杯中有多余的水汽向外逸出，这些多余的水汽就会凝结成水滴附在杯壁上，形成透明的水珠。

寒露的习俗

寒露来了，温度一下子下降了好多，好冷呀！在寒冷的季节里，大家都会做些什么呢？

吃螃蟹

南方地区有寒露吃螃蟹的习俗，俗话说“九月团脐，十月尖”（这里的九月、十月大致相当于公历的十月、十一月），此时的雌蟹黄肥雄蟹膏满，正是吃蟹的最佳季节。

饮花茶

饮菊花酒、菊花茶：

在寒露时节，很多地区都有喝菊花酒及菊花茶的习俗。那是因为在这个季节，菊花盛开，处处可见。加上菊花自身具有养肝明目、疏风清热等功效，菊花饮品也就自然地成为了当季最受欢迎的饮品。

赏秋叶

寒露时节，黄河以北的地区就进入了赏枫叶的好时节。枫树林一眼望去，红彤彤的一片，美不胜收。

fú róng lóu sòng xīn jiàn

芙蓉楼送辛渐

táng wáng chāng líng

唐·王昌龄

hán yǔ lián jiāng yè rù wú

寒雨连江夜入吴，

píng míng sòng kè chǔ shān gū

平明送客楚山孤。

luò yáng qīn yǒu rú xiāng wèn

洛阳亲友如相问，

yí piàn bīng xīn zài yù hú

一片冰心在玉壶。

译文：在满江寒雨的夜晚（我）来到了吴地，天刚刚亮，送别友人后，我孤身一人留在楚山。洛阳的亲友们如果问起我现在的情况，（请告诉他们）我的心就像是装在玉壶里的冰一样（纯洁无瑕）。

hán yǔ lián jiāng yè rù wú
寒雨连江夜入吴

在满江寒雨的夜晚（我）来到了吴地。

夜，指从天黑到天亮的一段时间。

yè
夜 夜 夜 夜

píng míng sòng kè chǔ shān gū
平明送客楚山孤

天刚刚亮，送别友人后，我孤身一人留在楚山。

中国古时的钟表

在本诗中与时间有关的词为“平明”，意思是天刚亮的时候。关于时间的计算，早在中国西周时期，人们就开始使用十二时辰制，即把一天划分为十二个时辰(每个时辰相当于现在的两小时)。这是人们根据一日间太阳出没的自然规律、天色的变化以及自己日常的生产活动、生活习惯，归纳总结而独创的。

辛渐是王昌龄的朋友，这次计划由润州（今江苏镇江）渡江，先到扬州，然后再去洛阳。王昌龄陪他从江宁到润州后，就和他道别了。

luò yáng qīn yǒu rú xiāng wèn

洛阳亲友如相问

洛阳的亲友们如果问起我现在的情况。

洛阳

洛阳，别称洛邑，是现在河南省的地级市。洛阳市有着 5000 多年的文明史，是华夏文明的重要发祥地之一，也是丝绸之路的一个起点。历史上先后有十三个王朝在此建都，故洛阳被后人称为“千年帝都”。

yí piàn bīng xīn zài yù hú
一片冰心在玉壶

我的心就像是装在玉壶里的冰一样（纯洁无瑕）。

玉壶

玉制的壶，多用于比喻人品性高洁。

还有什么玉呢?

DOWEL东幻创作中心简介：

传统和文化的传承，从娃娃开始。

然而中国传统文化博大精深，如何让低龄段的
孩子也能真正理解并喜爱？

DOWEL东幻创作中心的设立，就源于此。

我们认为怎么开始很重要：

要遵循孩子认知能力的发展规律，从他们的视角出发，
用与时俱进的呈现方式，
和孩子一起了解中国传统文化。

DOWEL 核心成员：
梁立峰　潘薇亦　王民瑜　郭騂　刘筱锐　梁凯舟